農舞

농무

신경림 시집

農舞

농무

申庚林 詩集

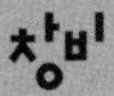

창비시선 *1*

차례

제1부

제2부

제3부

제7부

제 1 부

겨울밤

우리는 협동조합 방앗간 뒷방에 모여
묵 내기 화투를 치고
내일은 장날. 장꾼들은 왁자지껄
주막집 뜰에서 눈을 턴다.
들과 산은 온통 새하얗구나. 눈은
펑펑 쏟아지는데
쌀값 비료값 얘기가 나오고
선생이 된 면장 딸 얘기가 나오고.
서울로 식모살이 간 분이는
아기를 뱄다더라. 어떡헐거나.
술에라도 취해볼거나. 술집 색시
싸구려 분 냄새라도 맡아볼거나.
우리의 슬픔을 아는 것은 우리뿐.
올해에는 닭이라도 쳐볼거나.
겨울밤은 길어 묵을 먹고.
술을 마시고 물세 시비를 하고
색시 젓갈 장단에 유행가를 부르고
이발소집 신랑을 다루러
보리밭을 질러가면 세상은 온통

하얗구나. 눈이여 쌓여
지붕을 덮어다오 우리를 파묻어다오.
오종대 뒤에 치마를 둘러쓰고
숨은 저 계집애들한테
연애편지라도 띄워볼거나. 우리의
괴로움을 아는 것은 우리뿐.
올해에는 돼지라도 먹여볼거나.

『한국일보』 1965

시골 큰집

이제 나는 시골 큰집이 싫어졌다.
장에 간 큰아버지는 좀체로 돌아오지 않고
감도 다 떨어진 감나무에는
어둡도록 가마귀가 날아와 운다.
대학을 나온 사촌형은 이 세상이 모두
싫어졌다 한다. 친구들에게서 온
편지를 뒤적이다 훌쩍 뛰쳐나가면
나는 안다 형은 또 마작으로
밤을 새우려는 게다. 닭장에는
지난봄에 팔아 없앤 닭 그 털만이 널려
을씨년스러운데 큰엄마는
또 큰형이 그리워지는 걸까. 그의
공부방이던 건넌방을 치우다가
벽에 박힌 그의 좌우명을 보고 운다.
우리는 가난하나 외롭지 않고, 우리는
무력하나 약하지 않다는 그
좌우명의 뜻을 나는 모른다. 지금 혹
그는 어느 딴 나라에서 살고 있을까.
조합빚이 되어 없어진 돼지 울 앞에는

국화꽃이 피어 상그럽다 그것은
큰형이 심은 꽃. 새아줌마는
그것을 뽑아내고 그 자리에 화사한
코스모스라도 심고 싶다지만
남의 땅이 돼버린 논뚝을 바라보며
짓무른 눈으로 한숨을 내쉬는 그
인자하던 할머니도 싫고
이제 나는 시골 큰집이 싫어졌다.

『동아일보』 1966

원격지(遠隔地)

박서방은 구주에서 왔다 김형은 전라도
어느 바닷가에서 자란 사나이.
시월의 햇살은 아직도 등에 따갑구나.
돌이 날으고 남포가 터지고 크레인이 운다.
포장 친 목로에 들어가
전표를 주고 막걸리를 마시자.
이제 우리에겐 맺힌 분노가 있을
뿐이다. 맹세가 있고 그리고 맨주먹이다.
느티나무 아래 자전거를 세워놓은
면서기패들에게서 세상 얘기를 듣고.
아아 이곳은 너무 멀구나, 도시의
소음이 그리운 외딴 공사장.
오늘밤엔 주막거리에 나가 섰다를
하자 목이 터지게 유행가라도 부르자.
사이렌이 울면 밥장수 아주머니의
그 살찐 엉덩이를 때리고 우리는
다시 구루마를 밀고 간다.
흙먼지를 뒤집어쓰고 밀린 간조날을
꼽아보고. 건조실 앞에서는 개가

짖어댄다 고추 널린 마당가에서
동네 아이들이 제기를 찬다. 수건으로
볕을 가린 처녀애들은 킬킬대느라
삼태기 속의 돌이 무겁지 않고
십장은 고함을 질러대고. 이 멀고
외딴 공사장에서는 가을해도 길다.

『여원』 1966

씨름

난장이 끝났다. 작업복
소매 속이 썰렁한 장바닥.
외지 장꾼들은 짐을 챙겨
정미소 앞에서 트럭을 기다리고
또는 씨름판 뒷전에 몰려
팔짱을 끼고 술렁댄다.

깡마른 본바닥 장정이
타곳 씨름꾼과 오기로 어우러진
상씨름 결승판. 아이들은
깡통을 두드리고 악을 쓰고
안타까워 발을 동동 구르지만
마침내 나가떨어지는 본바닥
장정. 백중 마지막 날.

해마다 지기만 하는 씨름판
노인들은 땅바닥에 침을 배앝다.
타곳 씨름꾼들은 황소를 끌고
장바닥을 돌며 신명이 났는데

학교 마당을 벗어나면
전깃불도 나가고 없는 신작로.
씨름에 져 늘어진 장정을 앞세우고
마을로 돌아가는 행렬은
참외 수박 냄새에도 이제 질리고
면장집 조상꾼들처럼 풀이 죽었다.

『상황』 1972

파장(罷場)

못난 놈들은 서로 얼굴만 봐도 흥겹다
이발소 앞에 서서 참외를 깎고
목로에 앉아 막걸리를 들이켜면
모두들 한결같이 친구 같은 얼굴들
호남의 가뭄 얘기 조합빚 얘기
약장수 기타소리에 발장단을 치다 보면
왜 이렇게 자꾸만 서울이 그리워지나
어디를 들어가 섰다라도 벌일까
주머니를 털어 색싯집에라도 갈까
학교 마당에들 모여 소주에 오징어를 찢다
어느새 긴 여름해도 저물어
고무신 한 켤레 또는 조기 한 마리 들고
달이 환한 마찻길을 절뚝이는 파장

『창작과비평』 1970

제삿날 밤

나는 죽은 당숙의 이름을 모른다.
구죽죽이 겨울비가 내리는 제삿날 밤
할 일 없는 집안 젊은이들은
초저녁부터 군불 지핀 건넌방에 모여
갑오를 떼고 장기를 두고.
남폿불을 단 툇마루에서는
녹두를 가는 맷돌소리.
두루마기 자락에 풀 비린내를 묻힌
먼 마을에서 아저씨들이 오면
우리는 칸데라를 들고 나가
지붕을 뒤져 참새를 잡는다.
이 답답한 가슴에 구죽죽이
겨울비가 내리는 당숙의 제삿날 밤.
울분 속에서 짧은 젊음을 보낸
그 당숙의 이름을 나는 모르고.

『월간문학』 1969

농무(農舞)

징이 울린다 막이 내렸다
오동나무에 전등이 매어달린 가설무대
구경꾼이 돌아가고 난 텅 빈 운동장
우리는 분이 얼룩진 얼굴로
학교 앞 소줏집에 몰려 술을 마신다
답답하고 고달프게 사는 것이 원통하다
꽹과리를 앞장 세워 장거리로 나서면
따라붙어 악을 쓰는 건 쪼무래기들뿐
처녀애들은 기름집 담벽에 붙어서서
철없이 킬킬대는구나
보름달은 밝아 어떤 녀석은
꺽정이처럼 울부짖고 또 어떤 녀석은
서림이처럼 해해대지만 이까짓
산구석에 처박혀 발버둥친들 무엇하랴
비료값도 안 나오는 농사 따위야
아예 여편네에게나 맡겨두고
쇠전을 거쳐 도수장 앞에 와 돌 때
우리는 점점 신명이 난다
한 다리를 들고 날라리를 불거나

고갯짓을 하고 어깨를 흔들거나

『창작과비평』 1971

꽃 그늘

소주병과 오징어가 놓인
협동조합 구판장 마루
살구꽃 그늘.

웃섶을 들치는
바람은 아직 차고
'건답직파' 또는

'농지세 1프로 감세'
신문을 뒤적이는
가난한 우리의 웃음도
꽃처럼 밝아졌으면.

소주잔에 떨어지는
살구꽃잎.
장터로 가는 조합 마차.

「한국일보」 1967

눈길

아편을 사러 밤길을 걷는다
진눈깨비 치는 백리 산길
낮이면 주막 뒷방에 숨어 잠을 자다
지치면 아낙을 불러 육백을 친다
억울하고 어리석게 죽은
빛 바랜 주인의 사진 아래서
음탕한 농지거리로 아낙을 웃기면
바람은 뒷산 나뭇가지에 와 엉겨
굶어죽은 소년들의 원귀처럼 우는데
이제 남은 것은 힘없는 두 주먹뿐
수제빗국 한 사발로 배를 채울 때
아낙은 신세타령을 늘어놓고
우리는 미친놈처럼 자꾸 웃음이 나온다

『창작과비평』 1970

어느 8월

빈 교실에서 누군가 오르간을 탔다
빨래바위 봇물에 놓은 어항에는
좀체 불거지들이 들지 않아
배꼽에도 차지 않는 물에 드나들며
뜨거운 오후를 참외만 깎았다
해가 설핏하면 미장원 계집애들이
고기 잡는 구경을 나와
마침내 한데 어울려 해롱대었으나
써늘한 초저녁 풀 이슬에도 하얀
보름달에도 우리는 부끄러웠다
샛길로 해서 장터로 들어서면
빈 교실에서는 오르간 소리도 그치고
양조장 옆골목은 두엄 냄새로
온통 세상이 썩는 것처럼 지겨웠다

『서울신문』 1972

잔칫날

아침부터 당숙은 주정을 한다.
차일 위에 덮이는 스산한 나뭇잎.
아낙네들은 뒤울안에 엉겨 수선을 떨고
새색시는 신랑 자랑에 신명이 났다.
잊었느냐고, 당숙은 주정을 한다.
네 아버지가 죽던 날을 잊었느냐고.
저 얼빠진 소리에 귀기울여 뭣하랴.
마침내 차일 밑은 잔칫집답게 흥청대어
새색시는 시집 자랑에 신명이 났다.
트럭이 와서 바깥마당에 멎었는데도
잊었느냐고, 당숙은 주정을 한다.
네 아버지가 죽던 꼴을 잊었느냐고.

『월간중앙』 1972

장마

온 집안에 퀴퀴한 돼지 비린내
사무실패들이 이장집 사랑방에서
중돈을 잡아 날궂이를 벌인 덕에
우리들 한산 인부는 헛간에 죽치고
개평 돼지비계를 새우젓에 찍는다
끗발나던 금광시절 요릿집 얘기 끝에
음담패설로 신바람이 나다가도
벌써 예니레째 비가 쏟아져
담배도 전표도 바닥난 주머니
작업복과 뼛속까지 스미는 곰팡내
술이 얼근히 오르면 가마니짝 위에서
국수내기 나이롱뻥을 치고는
비닐우산으로 머리를 가리고
텅 빈 공사장엘 올라가본다
물 구경 나온 아낙네들은 우릴 피해
녹슨 트랙터 뒤에 가 숨고
그 유월에 아들을 잃은 밥집 할머니가
넋을 잃고 앉아 비를 맞는 장마철
서형은 바람기 있는 여편네 걱정을 하고

박서방은 끝내 못 사준 딸년의
살이 비치는 그 양말 타령을 늘어놓는다.

『문학과지성』 1972

오늘

국수 반 사발에
막걸리로 채워진 뱃속
농자천하지대본
농기를 세워놓고
면장을 앞장 세워
이장집 사랑 마당을 돈다
나라 은혜는 뼈에 스며
징소리 꽹과리소리
면장은 곱사춤을 추고
지도원은 벅구를 치고
양곡증산 13.4프로에
칠십 리 밖엔 고속도로
누더기를 걸친 동리 애들은
오징어를 훔치다가
술동이를 엎다
용바위집 영감의 죽음 따위야
스피커에서 나오는
방송극만도 못한 일
아낙네들은 취해

안마당에서 노랫가락을 뽑고
처녀들은 뒤울안에서
새 유행가를 익히느라
목이 쉬어
펄럭이는 농기 아래
온 마을이 취해 돌아가는
아아 오늘은 무슨 날인가
무슨 날인가

『창작과비평』 1971

제 2 부

갈 길

녹슨 삽과 괭이를 들고 모였다
달빛이 환한 가마니 창고 뒷수풀
뉘우치고 그리고 다시 맹세하다가
어깨를 끼어보고 비로소 갈 길을 안다
녹슨 삽과 괭이도 버렸다
읍내로 가는 자갈 깔린 샛길
빈주먹과 뜨거운 숨결만 가지고 모였다
아우성과 노랫소리만 가지고 모였다

「상황」 1972

전야(前夜)

그들의 함성을 듣는다
울부짖음을 듣는다
피맺힌 손톱으로
벽을 긁는 소리를 듣는다
누가 가난하고
억울한 자의 편인가
그것을 말해주는 사람은
아무도 없다 달려가는 그
발자국소리를 듣는다
쓰러지고 엎어지는 소리를
듣는다 그 죽음을 덮는
무력한 사내들의 한숨
그 위에 쏟아지는 성난
채찍소리를 듣는다
노랫소리를 듣는다

「창작과비평」 1971

폭풍

자전거포도 순댓국집도 문을 닫았다
사람들은 모두 장거리로 쏟아져나와
주먹을 흔들고 방을 굴렀다
젊은이들은 징과 꽹과리를 치고
처녀애들은 그 뒤를 따르며 노래를 했다
솜뭉치에 석윳불이 당겨지고
학교 마당에서는 철 아닌 씨름판이 벌어졌다
그러다 갑자기 겨울이 와서
먹구름이 끼더니 진눈깨비가 쳤다
젊은이들은 흩어져 문 뒤에 가 숨고
노인과 여자들만 비실대며 잔기침을 했다
그 겨우내 우리는 두려워서 떨었다
자전거포도 순댓국집도 끝내 문을 열지 않았다

「문학과지성」 1972

그날

젊은 여자가 혼자서
상여 뒤를 따르며 운다
만장도 요령도 없는 장렬
연기가 깔린 저녁길에
도깨비 같은 그림자들
문과 창이 없는 거리
바람은 나뭇잎을 날리고
사람들은 가로수와
전봇대 뒤에 숨어서 본다
아무도 죽은 이의
이름을 모른다 달도
뜨지 않은 어두운 그날

『창작과비평』 1970

산1번지

해가 지기 전에 산 일번지에는
바람이 찾아온다.
집집마다 지붕으로 덮은 루핑을 날리고
문을 바른 신문지를 찢고
불행한 사람들의 얼굴에
돌모래를 끼어얹는다.
해가 지면 산 일번지에는
청솔가지 타는 연기가 깔린다.
나라의 은혜를 입지 못한 사내들은
서로 속이고 목을 조르고 마침내는
칼을 들고 피를 흘리는데
정거장을 향해 비탈길을 굴러가는
가난이 싫어진 아낙네의 치맛자락에
연기가 붙어 흐늘댄다.
어둠이 내리기 전에 산 일번지에는
통곡이 온다. 모두 함께
죽어버리자고 복어알을 구해 온
어버이는 술이 취해 뉘우치고
애비 없는 애기를 밴 처녀는

산벼랑을 찾아가 몸을 던진다.
그리하여 산 일번지에 밤이 오면
대밋벌을 거쳐 온 강바람은
뒷산에 와 부딪쳐
모든 사람들의 울음이 되어 쏟아진다.

『창작과비평』 1970

그

눈 오는 밤에
나를 찾아온다.
창 밖에서 문을 때린다.
무엇인가
말을 하려고 한다.

꿈속에서
다시 그를 본다.
맨발로 눈 위에 서 있는
그를.
그 발에서
피가 흐른다.

안타까운 눈으로
나를 쳐다본다.
내게 다가와서 손을
잡는다.
입 속에서
내 이름을 부른다.

잠이 깨면
새벽종이 운다.
그 종소리 속에서
그의 목소리를 듣는다.
일어나
창을 열어 본다.

창 밖에 쌓인
눈을 본다.
눈 위에 얼룩진 그의
핏자국을. 그
성난 눈초리를.

『문학과지성』 1972

3월 1일

골목마다 똥오줌이 질퍽이고
헌 판장이 너풀거리는 집집에
누더기가 걸려 깃발처럼 펴덕일 때
조국은 우리를 증오했다 이 산읍에
삼월 초하루가 찾아올 때.

실업한 젊은이들이 골목을 메우고
복덕방에서 이발소에서 소줏집에서
가난한 사람들의 음모가 펼쳐질 때
조국은 우리를 버렸다 이 산읍에
또다시 삼월 일일이 올 때.

이 흙바람 속에 꽃이 피리라고
우리는 믿지 않는다 이 흙바람을
타고 봄이 오리라고 우리는
믿지 않는다 아아 이 흙바람 속의
조국의 소식을 우리는 믿지 않는다.

계집은 모두 갈보가 되어 나가고

사내는 미쳐 대낫에 칼질을 해서
온 고을이 피로 더럽혀질 때
조국은 영원히 떠났다 이 산읍에
삼월 초하루도 가고 없을 때.

『연간시집』 1966

서울로 가는 길

허물어진 외양간에
그의 탄식이 스며 있다
힘없는 늬우침이

부서진 장독대에
그의 아내의 눈물이
고여 있다 가난과
저주의 넋두리가

부러진 고욤나무 썩어
문드러진 마루에
그의 아이들의
목소리가 배어 있다
절망과 분노의 맹세가

꽃바람이 불면 늙은
수유나무가 운다
우리의 피가 얼룩진
서울로 가는 길을

굽어보며

『창작과비평』 1971

이 두 개의 눈은

어느 석상(石像)의 노래

원수의 탱크에 두 팔을 먹히고
또 원수의 이빨에 혓바닥을 잘리고
이제 남은 것은 이것뿐이다 이
두 개의 눈.
누가 또다시 이것마저 바치라는가.
아무도 나에게서 이것을 빼앗지는 못한다 이
두 개의 눈은.
지켜보리라 가난한 동포의
머리 위에 내리는 낙엽을, 흰 눈을,
그들의 종말을.
학대하는 자와 학대받는 자의
종말을 보기 위하여 내가 지닌 것은
이제 이것뿐이다 이
두 개의 눈.

『문화비평』 1972

그들

쏟아지는 빗발 속을
맨발로 간다
서로 잡은 야윈 손에
멍이 맺혔다
성난 목소리로
나를 부른다
겁먹은 내 얼굴에
침을 뱉는다
흰옷 입은 어깨에
피가 엉겼다
몰아치는 바람 속을
마구 달린다

『월간중앙』 1971

1950년의 총살

1

빗발이 치고 바람이 울고 총구가
일제히 불을 토한다. 통곡하라
나무여 풀이여 기억하라 살인자의
얼굴을, 대지여. 1950년 가을
죄없는 무리 2백이 차례로
쓰러질 때, 분노하라 하늘이여 이
강의 한줄기를 피로 바꾸어라.
그러나 살인자는 끝내 도주했다.
부활하라 죄없는 무리들아, 그리하여
증언하라 이 더러운 역사를.
어둠이 깔려 시체를 묻고 비가 내려
피를 씻었다. 아무도 없는가
부활하는 자. 모두 흙 속에서
원통한 귀신이 되어 우는가.

2

10년이 훨씬 지난다, 이제 그 자리엔
나라를 다스리는 높은 분네의
별장이 선다. 거실에서 부정한
거래가 이루어지고 추악한 음모가
꾀해지는 밤. 폐를 앓는 딸은
꿈을 꾼다, 맨발로 강을 건너가는
소년들의 꿈을. 한밤중에 눈을 뜨면
뒷수풀에서는 가마귀가 운다.
소슬한 바람이 와서 애처롭게 창을
넘본다. 아무도 없는가 부활하는 자.
그리하여 증언하는 자 아무도 없는가.
이 더러운 역사를, 모두 흙 속에서
영원히 원통한 귀신이 되어 우는가.

『주간조선』 1969

제 3 부

폐광(廢鑛)

그날 끌려간 삼촌은 돌아오지 않았다.
소리개차가 감석을 날라 붓던 버력더미 위에
민들레가 피어도 그냥 춥던 사월
지까다비를 신은 삼촌의 친구들은
우리 집 봉당에 모여 소주를 켰다.
나는 그들이 주먹을 떠는 까닭을 몰랐다.
밤이면 숱한 빈 움막에서 도깨비가 나온대서
칸데라 불이 흐린 뒷방에 박혀
늙은 덕대가 접어준 딱지를 세었다.
바람은 복대기를 몰아다가 문을 때리고
낙반으로 깔려죽은 내 친구들의 아버지
그 목소리를 흉내내며 울었다.
전쟁이 끝났는데도 마을 젊은이들은
하나하나 사라져선 돌아오지 않았다.
빈 금구덩이서는 대낮에도 귀신이 울어
부엉이 울음이 삼촌의 술주정보다도 지겨웠다.

『창작과비평』 1971

경칩

흙 묻은 속옷 바람으로 누워
아내는 몸을 떨며 기침을 했다.
온종일 방고래가 들먹이고
메주 뜨는 냄새가 역한 정미소 뒷방.
십촉 전등 아래 광산 젊은 패들은
밤 이슥토록 철 늦은 섰다판을 벌여
아내 대신 묵을 치고 술을 나르고
풀무를 돌려 방에 군불을 때고.
볏섬을 싣고 온 마차꾼까지 끼여
판이 어우러지면 어느새 닭이 울어
버력을 지러 나갈 아내를 위해 나는
개평을 뜯어 해장국을 시키러 갔다.
경칩이 와도 그냥 추운 촌 장터.
전쟁통에 맞아죽은 육발이의 처는
아무한테나 헤픈 눈웃음을 치며
우거지가 많이 든 해장국을 말고.

『월간문학』 1971

장마 뒤

그 해 여름에 우리는 삼거리 금방앗간
그 앞집으로 이사를 했다. 거기다가
물감과 간수를 파는 가게를 냈다.
삼촌이 객지에서 온 광부들과 얼려
매일장취로 술만 퍼먹고 다니던
그 지겹던 가뭄을 나는 잊지 못한다.

아버지는 가게에 박혀 소주만 찾았지만
내게는 밤이 오는 것만은 즐거웠다.
길 건너 도장갈보네 집에서는
밤이 돼야만 노랫가락 소리가 들리고
나이 어린 갈보는 술꾼에게 졸리다가
우리 집으로 쫓겨와 숨어서 떨었다.

그 해의 그 뜨겁던 열기를 나는 잊지
못한다. 세거리 개울가에 모여 수군대던
농군들을. 소나기가 오던 날
그들은 뿔뿔이 흩어져 도망가고
도장갈보네 집 마당은 피로 얼룩졌다.

마침내 장마가 져도 나이 어린 갈보는
좀체 신명이 나지 않는 걸까
어느날 돌연히 읍내로 떠나버려
집 나간 삼촌까지도 영 돌아오지 않았다.
개울물이 불어 우리는 뒷산으로
피난을 가야 했고 장마가 들면
우리는 그 피비린내를 잊지 못한 채
다시 장터로 이사를 한다는 소문이었다.

『문화비평』 1972

그 겨울

진눈깨비가 흩뿌리는 금방앗간
그 아랫말 마찻집 사랑채에
우리는 쌀 너 말씩에 밥을 붙였다.
연상도 덕대도 명일 쇠러 가 없고
절벽 사이로 몰아치는 바람은 지겨워
종일 참나무불 쇠화로를 끼고 앉아
제천역전 앞 하숙집에서 만난
영자라던 그 어린 갈보 얘기를 했다.
때로는 과부집으로 몰려가
외상 돼지 도로리에 한몫 끼였다.
진눈깨비가 더욱 기승을 부리는 보름께면
객지로 돈벌이 갔던 마찻집 손자가
알거지가 되어 돌아와 그를 위해
술판이 벌어지는 것이지만
그 술판은 이내 싸움판으로 변했다.
부락 청년들과 한산 인부들은
서로 패를 갈라 주먹을 휘두르고
박치기를 하고 그릇을 내던졌다.
이 못난 짓은 오래가지는 않아

이내 뉘우치고 울음을 터뜨리고
새 술판을 차려 육자배기로 돌렸다.
그러다 주먹들을 부르쥐고 밖으로 나오면
식모살이들을 가 처녀 하나 남지 않은
골짜기 광산 부락은 그대로 칠흑이었다.
쓰러지고 엎어지면서 우리들은
노래를 불러댔다. 개가 짖고 닭이
울어도 겁나지 않는 첫새벽
진눈깨비는 이제 함박눈으로 바뀌고
산비탈길은 빙판이 져 미끄러웠다.

『월간중앙』 1972

3월 1일 전후

마작판에서 주머니를 털린 새벽.
거리로 나서면 얼굴을 훑는 매운 바람.
노랭이네 집엘 들러
새벽 댓바람부터 술이 취한다.

술청엔 너저분한 진흙 묻은 신발들.
아직 해가 뜨지 않은 새벽인데도
장꾼들은 두려워 말소리를 죽이고
도살장으로 끌려가는 돼지들이
떨면서 마구 소리를 지른다.

비틀대며 냉방으로 돌아가면
가난과 두려움으로 새파래진 얼굴을 들고
아내는 3월 1일이 오기 전에
이 못난 고장을 떠나자고 졸라댄다.

『창조』 1972

동면(冬眠)

누가 무슨 소리를 해도 믿을 수가 없었다
궂은 날만 빼고 아내는 매일
서울로 새로 트이는 길을 닦으러 나가고
멀건 풀죽으로 요기를 한 나는
버스 정거장 앞 만화가게에서 해를 보냈다
친구들은 떼로 몰려와 내게 트집을 부렸다
거리로 끌어내어 술을 퍼먹이고
갈봇집으로 앞장을 세우다가도
걸핏하면 개울가로 몰고 가 발길질을 했다
곧잘 아내는 내 여윈 목을 안고 울었다
그 봄엔 유달리 흙바람이 차서
아내는 온몸이 시퍼렇게 얼어 떨었지만
나는 끝내 만화가게에서 해를 보내며
누가 무슨 소리를 해도 믿지 않았다

『세대』 1972

실명(失明)

해만 설핏하면 아랫말 장정들이
소주병을 들고 나를 찾아왔다.
창문을 때리는 살구꽃 그림자에도
아내는 놀라서 소리를 지르고
막소주 몇 잔에도 우리는 신바람이 나
방바닥을 구르고 마당을 돌았다.
그러다 마침내 우리는 조금씩
미치기 시작했다. 소리내어 울고
킬킬대고 고래고래 소리를 지르다가는
아내를 끌어내어 곱사춤을 추켰다.
참다 못해 아내가 아랫말로 도망을 치면
금세 내 목소리는 풀이 죽었다.
윤삼월인데도 늘 날이 궂어서
아내 찾는 내 목소리는 땅에 깔리고
나는 장정들을 뿌리치고 어느
먼 도회지로 떠날 것을 꿈꾸었다.

『신동아』 1972

귀로(歸路)

온종일 웃음을 잃었다가
돌아오는 골목 어귀 대폿집 앞에서
웃어보면 우리의 얼굴이 일그러진다
서로 다정하게 손을 쥘 때
우리의 손은 차고 거칠다
미워하는 사람들로부터 풀어져
어둠이 덮은 가난 속을 절뚝거리면
우리는 분노하고 뉘우치고 다시
맹세하지만 그러다 서로 헤어져
삽작도 없는 방문을 밀고
아내의 이름을 부를 때
우리의 음성은 통곡이 된다

『서울신문』 1965

산읍일지(山邑日誌)

아무렇게나 살아갈 것인가
눈 오는 밤에 나는
잠이 오지 않는다
박군은 감방에서 송형은
병상에서 나는 팔을 벤
여윈 아내의 곁에서
우리는 서로 이렇게 헤어져
지붕 위에 서걱이는
눈소리만 들을 것인가
납북된 동향의 시인을
생각한다 그의 개가한 아내를
생각한다 아무렇게나 살아갈
것인가 이 산읍에서
아이들의 코묻은 돈을 빼앗아
연탄을 사고 술을 마시고
숙직실에 모여 섰다를 하고
불운했던 그 시인을 생각한다
다리를 저는 그의 딸을
생각한다 먼 마을의

개 짖는 소리만 들을 것인가
눈 오는 밤에 가난한 우리의
친구들이 미치고 다시
미쳐서 죽을 때
철로 위를 굴러가는 기찻소리만
들을 것인가 아무렇게나
살아갈 것인가 이 산읍에서

『여상(女像)』 1965

벽지(僻地)

살얼음이 언 냇물
행길 건너 술집
그날 밤에는 첫눈이 내렸다
교정에 깔리던 벽지의
좌절

숙직실에 모여
묵을 시켜 먹고
십릿길을 걸어
장터까지 가도
가난하고 어두운 밤은
아직도 멀어

서울을 얘기하고 그
더러운 허영과 부정
결식 아동 삼십 프로
연필도 공책도 없는 이
소외된 교실

잊어버리자 우리의

통곡

귀로에 깔리던

벽지의 절망

그날 밤에는 첫눈이 내렸다

『창작과비평』 1971

제 4 부

산읍기행(山邑紀行)

장날인데도 무싯날보다 한산하다.
가뭄으로 논에서는 더운 먼지가 일고
지붕도 돌담도 농사꾼들처럼 지쳤다.

아내의 무덤이 멀리 보이는
구판장 앞에서 버스는 섰다.
나는 아들놈과 노점 포장 아래서
외국자본이 만든 미지근한 음료수를 마셨다.

오랜만에 보는 시골 친구들의 눈은
왜 이렇게 충혈돼 있을까.
말이 없다. 그저 손을 잡고
흔들기만 한다. 그 거짓된 웃음.

돌과 몽둥이와 곡괭이로 어지럽던
좁은 닭전 골목. 농사꾼들과
광부들의 싸움질로 시끄럽던 이발소 앞.
의용소방대원들이 달음질치던 싸전 길.

장날인데도 어디고 무싯날보다 쓸쓸하다.
아내의 무덤을 다녀가는 내 손을
뻣뻣한 손들이 잡고 놓지를 않는다.

『다리』 1972

시외버스 정거장

을지로 육가만 벗어나면
내 고향 시골 냄새가 난다
질퍽이는 정거장 마당을 건너
난로도 없는 썰렁한 대합실
콧수염에 얼음을 달고 떠는 노인은
알고 보니 이웃 신니면 사람
거둬들이지 못한 논바닥의
볏가리를 걱정하고
이른 추위와 눈바람을 원망한다
어디 원망할 게 그뿐이냐고
한 아주머니가 한탄을 한다
삼거리에서 주막을 하는 여인
어디 답답한 게 그뿐이냐고
어수선해지면 대합실은 더 썰렁하고
나는 어쩐지 고향 사람들이 두렵다
슬그머니 자리를 떠서
을지로 육가행 시내버스를 탈까

육가에만 들어서면

나는 더욱 비겁해지고

『동아일보』 1972

친구

작문시간에 늘 칭찬을 듣던
점백이라는 애는 남양 홍씨네 산지기 자식.
협동조합 정미소에 다녀
마루 없는 토담집을 마련했단다.

봉당 멍석에까지 날아오는 밀겨.
십 년 만에 만나는 나를 잡고 친구는
생오이와 막소주를 내고
아내를 시켜 틀국수를 삶았다.
처녀처럼 말을 더듬는 친구의 아내.

나는 그녀의 아버지를 안다.
자전거를 타고 술배달을 하던
다부지고 신명 많던 그를 안다.
몰매 맞아 죽어 묻힌 느티나무 밑
뫼꽃 덩굴이 덮이던 그 돌더미도 안다.

그래서 너는 부끄러운가, 너의 아내가.
그녀를 닮아 숫기없는 삼학년짜리 큰자식이.

부엌 앞의 지게와 투박한 물동이가.

친구여. 곳집 뒤 솔나무밭은 이제
나 혼자도 갈 수 있다.
나의 삼촌과 친구들이 송탄을 굽던 곳, 친구여.
밀겨와 방아 소리에 우리는 더욱 취해
어깨를 끼고 장거리로 나온다.
친구여, 그래서 부끄러운가.

『월간중앙』 1973

시제(時祭)

1

무명 두루마기가 풍기는
역한 탁주 냄새
돗자리 위에 웅크리고 앉은 아저씨들은
꺼칠한 얼굴로 시국 얘기를 한다
그 겁먹은 야윈 얼굴들

아이들은 그래도 즐거웠다
바람막이 바위 아래 피운 모닥불에
마른 떡과 북어를 구우며
빵빵이를 돌고 곤두박질을 쳤다

2

—20년이 지나도 고향은
달라진 것이 없다 가난 같은
연기가 마을을 감고
그 속에서 개가 짖고

아이들이 운다 그리고 그들은
내게 외쳐댄다
말하라 말하라 말하라
아아 나는 아무 말도 할 수가 없다

『월간문학』 1972

제 5 부

갈대

언제부턴가 갈대는 속으로
조용히 울고 있었다.
그런 어느 밤이었을 것이다. 갈대는
그의 온몸이 흔들리고 있는 것을 알았다.

바람도 달빛도 아닌 것.
갈대는 저를 흔드는 것이 제 조용한 울음인 것을
까맣게 몰랐다.
—산다는 것은 속으로 이렇게
조용히 울고 있는 것이란 것을
그는 몰랐다.

『문학예술』 1956

묘비

쓸쓸히 살다가 그는 죽었다.
앞으로 시내가 흐르고 뒤에 산이 있는
조용한 언덕에 그는 묻혔다.
바람이 풀리는 어느 다스운 봄날
그 무덤 위에 흰 나무비가 섰다.
그가 보내던 쓸쓸한 표정으로 서서
바람을 맞고 있었다.
그러나 비는 아무것도 기억할 만한
옛날이 있는 것은 아니었다. 어언듯
거멓게 빛깔이 변해가는 제 가냘픈
얼굴이 슬펐다.
무엇인가 들릴 듯도 하고 보일 듯도 한 것에
조용히 귀를 대이고 있었다.

『문학예술』 1956

심야

1

쓸쓸히 죽어간 사람들이여.
산정에 불던 바람이여.
달빛이여.
지금은 모두 저 종 뒤에서
종을 따라 울고 있는 것들이여.

이름도 모습도 없는 것이 되어
내 가슴속에 쌓여오고 있는 것들이여.

2

어느날엔가
나도 그들과 같은 것이 되어
그들처럼 어디론가 쓸쓸히 돌아가리라. 그날
내가 가서 조용히 울고 있을
어느 호수여.

누군가의 슬픈 가슴이여.

『문학예술』 1956

유아

1

창 밖에 눈이 쌓이는 것을 내어다보며 그는
귀엽고 신비롭다는 눈짓을 한다. 손을 흔든다.
어린 나무가 나무 이파리들을 흔들던 몸짓이 이러했다.

그는 모든 비밀을 알고 있는 것이다.
눈이 내리는 까닭을, 또 거기서 아름다운 속삭임들이 들리는 것을
그는 아는 것이다 — 충만해 있는 한 개의 정물이다.

2

얼마가 지나면 엄마라는 말을 배운다. 그것은 그가
엄마라는 말이 가지고 있는 비밀을 잃어버리는 것이다.
그러나 그는 모르고 있다.

꽃, 나무, 별,
이렇게 즐겁고 반가운 마음으로 말을 배워가면서 그는

그들이 가지고 있는 비밀을 하나하나 잃어버린다.

비밀을 전부 잃어버리는 날 그는 완전한 한 사람이 된다.

3

그리하여 이렇게 눈이 쌓이는 날이면 그는
어느 소녀의 생각에 괴로워도 하리라.

냇가를 거닐면서
스스로를 향한 향수에 울고 있으리라.

『문학예술』 1957

사화산(死火山), 그 산정에서

견딜 수 없는 안타까움이 불길이 되어 탄다.
천지가 흔들리는 폭음으로 어느날은
지각을 뚫고 솟구쳐오른다.
미칠 듯한 희열에 아무것도 그는 모른다.
불길이 하늘 높이 솟구쳐 떨어지며
흔들리는 산.
초목은 모두 불이 되어 타고
바위는 녹아 물이 되어 흐른다.
—만년이 지난다. 십만년이 지난다.

보아라. 지금
불을 뿜던 분화구에는
손끝이 얼어붙도록 차고 푸른 물이 고였다.
키 작은 고산식물들이 총총히 들어선 산정엔
등산객들이 캠프를 하고 간 자리.
간간이 들리는 적적한 산새소리가 귀에 설다.
멀리 보이는 강과 바다와 허허한 벌판.
들어보라. 저 바람소리.

나도 이제 불을 뿜던 분화구처럼 가슴을 헤치고
온통 바람소리로만 가슴을 채우리라.
슬픈 일이 있어도 좋다. 아아 지금 내게 무슨
괴로울 것이 있어도 좋다.

「문학예술」 1957

제 6 부

밤새

느티나무 밑을 도는
상여에 쫓기다가 꿈을 깬다
문득 새소리를 들었다

억울한 자여 눈을 뜨라
짓눌린 자여 입을 열라

원귀로 한치 틈도 없는
낮은 하늘을 조심스럽게 날며

저 밤새는 슬프게 운다
상여 뒤에 애처롭게 매달려
그 소년도 슬프게 운다

『세대』 1975

달빛

밤늦도록 우리는 지난 얘기만 한다
산골 여인숙은 돌광산이 가까운데
마당에는 대낮처럼 달빛이 환해
달빛에도 부끄러워 얼굴들을 돌리고
밤 깊도록 우리는 옛날 얘기만 한다
누가 속고 누가 속였는가 따지지 않는다
산비탈엔 달빛 아래 산국화가 하얗고
비겁하게 사느라고 야윈 어깨로
밤새도록 우리는 빈 얘기만 한다

『창작과비평』 1973

강

빗줄기가 흐느끼며 울고 있다
울면서 진흙 속에 꽂히고 있다
아이들이 빗줄기를 피하고 있다
울면서 강물 속을 떠돌고 있다

강물은 그 울음소리를 잊었을까
총소리와 아우성소리를 잊었을까
조그만 주먹과 맨발들을 잊었을까

바람이 흐느끼며 울고 있다
울면서 강물 위를 맴돌고 있다
아이들이 바람을 따라 헤매고 있다
울면서 빗발 속을 헤매고 있다

『창작과비평』 1973

그 여름

한 사람의 울음이
온 마을에 울음을 불러오고
한 사람의 노래가
온 고을에 노래를 몰고 왔다

구름을 몰고 오고
바람과 비를 몰고 왔다
꽃과 춤을 불러오고
저주와 욕설과 원망을 불러왔다

한 사람의 노래가
온 거리에 노래를 몰고 오고
한 사람의 죽음이
온 나라에 죽음을 불러왔지만

『문학사상』 1974

전설

늘 술만 마시고
미쳐서 날뛰다가
마침내 그 녀석은 죽어버렸다

내가 살던 고향 동네로
넘어가는 그 고갯길
서낭당 고목나무

빨갛고 노란 헝겊을
걸어놓고
귀신이 되어 도사리고 앉았다

안개가 낀 자욱한 여름밤
원통해서 원통해서
그 녀석은 운다

원통해서 원통해서
고목나무도 운다 그 녀석은

되살아나서 도사리고 앉았고

『창작과비평』 1974

추방

1

우리 조상들에 대한
에른스트 오페르트 그의 생각은 옳았다
강언덕에 모여선 헐벗은
그들에 대한 그의 생각은 옳았다
그를 미워한 것은 그들이 아니었다
페롱의 동료들을 쇠전에서 찢어죽이고
또 그로 하여 다섯 밤 다섯 낮을
풀을 뜯어먹고 살게 한
그 못된 사람들이 누구인지 우리는 안다
오페르트여 우리는 안다

2

이 어둠 속에서 친구를 원수로 생각하라
강요하는 그들은 누구인가 지금도
거짓을 참이라 우겨대는 그들은 누구인가
거리는 온통 어둠으로 덮여 있지만

오페르트여 당신을 미워하는 것은 우리가
아니다 친구를 원수로 생각하라는 저
억지 속에서 페롱의 후예들은
다시 화륜선에 실려 이 땅을 떠나고 있다
누구인가 그들을 내어몰고 있는
그자들은 누구인가

『대학신문』 1975

우리가 부끄러워해야 할 것은

질척이는 골목의 비린내만이 아니다
너절한 욕지거리와 싸움질만이 아니다
우리가 부끄러워해야 할 것은
이 깊은 가난만이 아니다
좀체 걷히지 않는 어둠만이 아니다

팔월이 오면 우리는 들떠오지만
삐걱이는 사무실 의자에 앉아
아니면 소줏집 통걸상에서
우리와는 상관도 없는 외국의 어느
김빠진 야구경기에 주먹을 부르쥐고
미치광이 선교사를 따라 핏대를 올리고
후진국경제학자의 허풍에 덩달아 흥분하지만
이것들만이 아니다 우리가
부끄러워해야 할 것은

이 쓸개 빠진 헛웃음만이 아니다
겁에 질려 야윈 두 주먹만이 아니다
우리가 부끄러워해야 할 것은

서로 속이고 속는 난장만이 아니다
하늘까지 덮은 저 어둠만이 아니다

『대학신문』 1973

친구여 네 손아귀에

1

창돌애비가 죽던 날은 된서리가 내렸다
오동잎이 깔린 기름틀집 바깥마당
그 한귀퉁이에 그의 시체는 거적에 싸여 뒹굴고
그의 아내는 그 옆에 실신해 누웠다

창돌이와 나는 팽이를 돌렸다
무서워서 끝내 돌아가지 못하고
싸전 마당에서 저물도록 팽이만 돌렸다

2

소주잔을 거머쥔 네 손아귀에 친구여
날카로운 칼날이 숨겨져 있음을 나는 안다
상밥집에서 또는 선술집에서 다시 만났을 때
네 눈 속에 타고 있는 불길을 나는 보았다
네 편이다 아무리 우겨대도
믿지 않는 네 어깻짓을 나는 보았다

거적에 싸인 시체 위에 떨어지던 오동잎
친구여 나는 보았다

「창작과비평」 1974

누군가

누군가 나를 지켜보고 있다
새파랗게 얼어붙은 비탈진 골목길
비겁하지 않으리라 주먹을 쥐는
내 등뒤에서 나를 비웃고 있다
그 밤 나는 계집의 분 냄새에도 취했었지만
1871년의 블랑키스트를 얘기하고
억울하게 죽은 내 고향 친구를 얘기했다
누군가 나를 꾸짖고 있다
잠든 아이들 옆에서 오래도록 몸을 뒤채는
아아 그리하여 저
골목을 쓰는 바람소리에 몸을 떠는
내 등뒤에서 나를 꾸짖고 있다
오늘밤 그 무덤 위에 눈이 내릴까
누군가 나를 지켜보고 있다

「월간중앙」 1975

제 7 부

어둠 속에서

빗발 속에서 피비린내가 났다
바람 속에서도 곡소리가 들렸다
한여름인데도 거리는 새파랗게 얼어붙고
사람들은 문을 닫고 집 속에 숨어 떨었다

지나간 모든 죽음이 헛된 것이었을까
아이놈을 데리고 찾아간 산속
풀과 바위에는 아직도 그 해의 핏자국이 보였다
한밤중에 원귀들은 일제히 깨어
통곡으로 어두운 골짜기를 뒤덮었으나

친구여 나는 무엇이 이렇게 두려운가
답답해서 아이놈을 깨워 오줌을 누이고
기껏 페르 라셰즈 묘지의 마지막 총소리를
생각했다 허망한 그 최초의 정적을

보라 보라고 내 눈은 외쳐대고
들으라 들으라고 내 귀는 악을 썼지만
이 골짜기에 얽힌 사연을

안다는 것이 나는 부끄러웠다

험한 바위 설기에 친구를 묻고
흙 묻은 손을 비벼 털고서
우리는 비로소 우리의 힘을 알았다 한
그 지나간 모든 죽음이 헛된 것이었을까

꽃잎에서도 이슬방울에서도
피의 통곡이 들리는 한여름밤
친구여 무엇이 나는 이렇게 두려운가

『창작과비평』 1974

산역(山驛)

여관방 미닫이를 석탄가루가 날아와 때렸다
철길 위를 삐꺽거리는 탄차 소리에 눈을 뜨면
거기 사슬에 묶인 친구들의 손이 어른대고
좁은 산역은 날이 새어 술렁대었다

이 외진 계곡에 영 봄이 오지 않으리라는
뜬소문만 전봇줄에 엉겨붙어 윙윙대는
작은 변전소 옆 허술한 어전 골목

본바닥 젊은이들은 눈이 뒤집혀 나그네를 뒤졌지만
죽음보다 더 두려운 것이
무엇인가를 생각하는 내 귀에

번개가 머리칼을 태우고 천둥이 귀를 찢어도
겁내지 말라 외쳐대는 친구들의
고함소리가 들리고 노랫소리가 들렸다
이제 저 싸늘한 새벽별이 우리 편이 아니더라도

『창작과비평』 1974

대목장

살아 있는 것이 부끄러워
내 모습은 초췌해간다

뜯기운 수려선 연변
작은 면소재지
추운 대목장

저 맵찬 바람 소리에도
독기 어린 수군댐에도
나는 귀를 막았다

아는 사람을 찾아
왼종일 장거리를 돈다

『세대』 1974

해후(邂逅)

그 여자는 내 얼굴을 잊은 것 같다
정거장 앞 후미진 골목 해장국집
우리는 서로 낯선 두 나그네가 되어
추탕과 막걸리로 요기를 했다

그 공사장까지는 백리라 한다
가을비에서는 여전히 마른풀내가 나고
툇마루에 모여 음담으로 날궂이를 하던
버들집 소식은 그 여자도 모른다 한다

변전소에 직공으로 다니던
그 여자의 남편은 내 시골 선배였다
벅구를 치며 잘도 씨름판을 돌았지만
이상한 소문이 떠돌다가 과부가 된
그 여자는 이제 그 일도 잊은 것 같다

메밀꽃이 피어 눈부시던 들길
숨죽인 욕지거리로 술렁대던 강변
절망과 분노에 함께 울던 산바람

우리가 달려온 길도 그 노랫소리도
그 여자는 이제 다 잊은 것 같다
끝내 낯선 두 나그네가 되자고 한다
내려치는 비바람 그 진흙길을
나 혼자서만 달려나가라 한다

『창작과비평』 1973

동행

그 여자는 열살 난 딸 얘기를 했다
그 신고 싶어하는 흰 운동화와
도시락 대신 싸가는 고구마 얘기를 했다

아침부터 가랑비가 왔다
명아주 깔린 주막집 마당은 돌가루가 하얗고
나는 화장품을 파는 그 여자를 향해
실실 헤픈 웃음을 웃었다

몸에 밴 그 여자의 비린내를 나는 몰랐다
어물전 그 가난 속에 얽힌 얘기를 나는 몰랐다

느린 벽시계가 세시를 치면
자다 일어난 밤대거리들이 지분댔다
활석광산 아래 마을에는
아침부터 비가 오고

우리는 어느새 동행이 되어 있었다
우리가 가고 있는 곳이 어딘지를

그러나 우리는 서로 묻지 않았다

「세대」 1973

처서기(處暑記)

여름 들어 나는 찾아갈 친구도 없게 되었다
사글세로 든 시장 뒤 반찬가게 문간방은
아침부터 찌는 것처럼 무덥고 종일
아내가 뜨개질을 하러 나가 비운 방을 지키며
나는 내가 미치지 않는 것이 희한했다
때로 다 큰 권집 딸을 잡고
객쩍은 농지거리로 핀퉁이를 맞다가
허기가 오면 미장원 앞에 참외를 놓고 파는
동향 사람을 찾아가 우두커니 앉았기도 했다
우리는 곧잘 고향의 벼농사 걱정을 하고
떨어지기만 하는 소값 걱정을 하다가도
처서가 오기 전에 어디 공사장을 찾아
이 지겨운 서울을 뜨자고 별러댔다
허나 봉지쌀을 안고 들어오는 아내의
초췌하고 고달픈 얼굴은 내 기운을 꺾었다
고향 근처에 수리조합이 생긴다는 소문이었지만
아내의 등에 업혀 잠이 든 어린것은
백일이 지났는데도 좀체 웃지 않았다
처서는 또 그냥 지나가버려 동향 사람은

군고구마 장사를 벌일 채비로 분주했다

『신동아』 1973

골목

이발 최씨는 그래도 서울이 좋단다
자루에 기계 하나만 넣고 나가면
봉지쌀에 꽁치 한 마리를 들고 오는
그 질척거리는 저녁 골목이 좋단다
통걸상에 앉아 이십원짜리 이발을 하면
나는 시골 변전소 옆 이발소에 온 것 같다
술독이 오른 딸기코와 떨리던 손
늦어린애를 배어 뒤뚝거리던 그의 아내
최씨는 골목 안 생선 비린내가 좋단다
쉴 새 없는 싸움질과 아귀다툼이 좋단다
이발소에 묻혀 묵은 신문이나 뒤적이고
빗질을 하고 유행가를 익히고
허구한 날 우리는 너무 심심하고 답답했지만
최씨는 이 가파른 산동네가 좋단다
시골보다도 흐린 전등과 앰프 소리가 좋단다
여자들이 얼려 잔돈 뜯을 궁리나 하고 돌아가는
동네에 깔린 가난과 안달이 좋단다
그 딸기코의 병신 아들의 이름은 무엇이던가
사경을 받으러 다니던 딸의 이름은 무엇이던가

어느 남쪽 산골 읍내에서 여관을 했다는
이발 최씨는 그래도 서울이 좋단다
골목에서 모여드는 쪼무래기 손님들과
극성스럽고 억척같은 어머니들이 좋단다

『기원(紀元)』 1973

우리는 다시 만나고 있다

삐걱이는 강의실 뒷자리에서
이슬 깔린 차가운 돌층계 위에서
우리들은 처음 만났다
경상도 전라도
그리고 충청도에서 온 친구들
비와 바람과 먼지 속에서
처음 우리는 손을 잡았다
아우성과 욕설과 주먹질 속에서

충무로 사가 그 목조 이층 하숙방
을지로 후미진 골목의 대폿집
폐허의 명동
어두운 지하실 다방
강의실에 찌렁대던
노교수의 서양사 강의
토요일 오후 도서관의 정적
책장을 넘기면 은은한
전차 소리

그 해 겨울 나는 문경을 지났다
약방에 들러 전화를 건다
달려나온 친구
분필가루 허연 커다란 손
P는 강원도 어느 산읍에서
생선가게를 한단다 K는
충청도 산골에서 정미소를 하고
이제 우리는 모두 헤어져
공장에서 광산에서 또는 먼 나라에서

한밤중에 일어나 손을 펴본다
우리의 핏속을 흐르는 것을
본다 솟구쳐 오는 아우성소리
어둠 속에 엉겨드는 그것들을 본다
제주도 강원도 경기도에서
비와 바람과 먼지 속에서
향수와 아쉬움과 보람 속에서

『동대신문』 1974

발　　문

백낙청

시도 역시 사람이 사람한테 하는 말이요, 또 사람이면 알아들을 수 있는 말이어야 한다고 믿는 우리들에게 신경림씨의 작품들이 한묶음 되어 나온다는 것은 참으로 반갑고 든든한 일이다. 이제 우리는, 보아라 이런 시집도 있지 않은가,라고 마음 놓고 말할 수 있게 되었다. 그리고 이 말을 무슨 시론상(詩論上)의 논전을 하려는 기분에서보다, 이제까지 시로부터 소외되어온 대다수 독자들과 민중 앞에 겸허하게 묻는 마음으로 할 수 있는 여유마저 갖게 된 것이다.

시가 민중으로부터 멀어져온 것은 몇몇 시인이나 시론가들의 책임만은 아닐 것이다. 먹고살기 위해서 자기를 짓밟아야 하고 좀 잘산다는 말을 듣자면 자기와 남들을 아울러 짓밟아야 하는 세상에서 사람이 사람끼리 떳떳하고 정직하고 또 평등하게 주고받는 이야기며 노래로서의 시가 번창하기란 힘든 일이다. 따라서 우리는 어려운 시대를 자기 나름으로 참되게 살아가려는 노력의 일환으로 생겨나는 난해한 시들을 일괄해서 욕하자는 것은 아니다. 하지만 몇 안 되는 그런 진품마저도 소수층의 특권 그 자체를 인정하는 구실로 될 위험이 항상 따르게 마련이고, 더구나 전천후적으로 양산되는 모조품들과 구별하는 일이 몹시도 고달픈 마당에, 신경림 씨의 작품처럼 난해하지도 저속하지도 않은 시들을 대하는 기쁨이란 특별한 것이다. 그의 시가 얼마나 완벽하고 위대한 문학인가 하는 질문까지 가기 전에 우선 민중의 사랑을 받을 수 있고 받아 마땅한 문학이라는 점에서 시집 『농무(農舞)』의 완성은 그런대로 하나의 민중적 경사라고도 말할 수 있을 듯싶다.

신경림 씨의 작품이 민중의 사랑에 값하는 문학이라는 사실도 복잡한 이론을 떠나 상식적으로 쉽게 짐작할 수 있다. 가는 정이 있어야 오는 정이 있다는 말도 있는데, 이처럼 민중의 삶으로 가는 정에 찬 시편들에게 민중으로부터 돌아오는 정이 없으리라고 한다면 그것은 차라리 민중을 모독하는 이야기가 되지 않겠는가. 그리고 여기서 말하는 정은, 민중의 현실에서는 비켜서서 오히려 그 현실을 은폐하고 악화시키는 데 이바지하는 복고주의적·감상주의적 정한(情恨)이 아니다. 오늘날 우리 문학에서 농민의 생활을 다루는 것이 단순한 소재 선정의 문제가 아니라 작가의 역사의식과 직결되는 문제임을 신경림 씨 자신이 「농촌현실과 농민문학」이라는 논문에서 지적한 바 있거니와, 그는 어디까지나 현대

인다운 냉철한 눈으로 농촌현실을 보며 억눌려 사는 그들의 고난과 분노와 맹세를 바로 자기 것으로 삼고 있는 것이다.

민중생활에 대해 그의 시가 이러한 참된 애정을 지불하고 있기 때문에 그의 시행(詩行)은 평범한 독자들에게 깍듯한 예절을 지킨다. 이 시인이라고 하여 어찌 자기만이 아는 감정이나 관념의 유희에 몰입하여 그것으로 행세하고자 하는 유혹이 없을 것인가. 농촌생활 또는 소시민생활에서 물처럼 흔한 실의와 좌절과 불안이 항상 그 유혹을 뒷받침하고 있는 터이다. 그러나 신경림 씨의 시는 더러는 그러한 실의와 좌절과 불안을 노래하는 데 그치고 있는 듯한 작품도 있지만 독자로서의 민중을 결코 홀대하는 법이 없다. 아무리 암담한 삶이라도 그것은 발전하는 역사의 한 현장임을 믿고 독자는 시인과 함께 그 역사를 사는 평등한 인간임을 알기 때문에, 그는 '우리'의 이야기가 못될 '나'의 이야기는 애써 피하고 인식의 혼란이나 감정의 낭비를 가져오기 쉬운 생소한 낱말들을 철저히 솎아버린다. 그의 운문은 산문으로서도 손색이 없을 만큼 순탄하게 뜻이 통하면서도, 아무렇게나 바꿔놓은 듯한 그 시행들은 산문으로 고쳐놓았을 때 그 진가가 비로소 드러나리만큼 우리말에 내재하는 운율에 밀착되어 있다. 그리하여 「농무」를 비롯한 그의 많은 작품들은 리얼리스트의 단편소설과도 같은 정확한 묘사와 압축된 사연들을 담고 있는 동시에 민요를 방불케 하는 친숙한 가락을 띠기도 하는 것이다.

문학에서도 결국은 물고기가 바다에 의존하듯 민중의 삶에 스스로를 의탁하는 작가와 작품이 끈덕지게 살아남아 승리하리라는 것이 우리의 믿음이다. 그것은 물론 하루이틀에 판가름 날 일은 아니다. 특히 오늘날 우리 문학의 풍토로 말하자면 신경림 씨의 경우처럼 인정스럽고 예절 바르고 재미있는 시가 나왔을 때, 조태일 씨의 말대로 "소위 '현대시'라는 것에 막연히 들떠 있고, 또한 시달림을 받아온 독자들은 이것이 시일까 하는 기막힌 의구심마저 갖게" 되는 것이 사실이다. 선의의 독자들 간에 이러한 의구심을 씻어주는 것은 비교적 가능한 일이라 치더라도, 민중의 사랑에 값하는 작업이나 작품에 그들의 정력이 거침없이 쏠리기 어렵도록 만드는 다른 유형무형의 장애물들을 간과할 수 없다. 이러한 장애물 저 너머에 있는 미래를 앞당기는 일이야말로 신경림 씨 자신의 부단한 정진을 포함한 우리들 모두의 공통된 노력이어야 할 것이다.

1973년 3월

白樂晴 | 문학평론가

시집 『농무(農舞)』에 대하여
제1회 만해문학상 심사를 마치고

김광섭

예로부터 선비는 물론 민중들까지도 시를 사랑했고 더구나 시조는 곡을 붙여 읊어서 시가 직접 생활 속에 들어가 생명감을 깊이 했다. 그런 전통에서 시를 문학의 정수로 삼아왔기 때문에 문사들로 하여금 우선은 시문(詩門)에 들게 하였던 것이다.

그러던 것이 현대시에 이르러 시를 모르겠다는 소리가 시 독자의 일부만이 아니라 심지어 시인 자신들의 입에서도 나오고 있다. 시를 알 만한 인사들까지도 시가 철학이냐 심리학이냐 하며, 당신들이 쓰는 시를 안 읽어도 좋다는 듯 오히려 반감마저 가지고 시를 외면하게 되었다. 그 이유는 무엇일까.

원래 시는 시인만의 것이 아니고 우리도 예전에는 시를 알고 좋아했는데 지금은 그것을 빼앗기고 당신들 때문에 시를 모르는, 시를 읽지 않는 사람이 되고 말았다, 당신들이 쓰는 것이니 당신들의 시지만 크게 보면 그것은 한국시가 아니겠느냐, 독자들의 심중에는 아마 이런 항의의 뜻이 들어 있을지 모른다.

때때로 이런 항의가 독서계의 구석에서 나오는 수도 있지만 그 소리는 너무 가냘프고 그 소리를 억누르는 힘은 너무 거세어 다만 들리지 않을 뿐이다. 그런 중에 시의 독자는 자꾸 줄어들어서 시인이 애써 시집을 내도 영세민이 되고 만다.

유럽에서도 현대시는 난해하다. 독자들이 줄어드니까 시인들은 자기의 시집을 들고 대중 속에 뛰어들어가 내 시는 이렇다 하고 직접 강연도 하고 시 낭독도 하며 질문도 받는다. 그렇게 해서라도 난해를 극복하려고 노력하지만 우리네 사정은 그와 다르다. 어려운 것이 어려운 대로 방치되어 있으니 시와 독자들은 더욱 유리되기만 한다.

이러한 중에서 신경림 씨의 시집 『농무』는 새 각광을 받는다. 이는 신경림 씨의 시가 모두 걸작이라는 것도 아니요, 그가 위대한 시인이라는 것도 아니다. 그는 시의 리얼리즘에서 바탕을 두고 있으며 리얼한 데서 시의 감동을 찾는다. 전실로 리얼한 데는 산문에도 시와 같은 감동이 있다. 그의 시의 감수성이나 언어구사가 그런 데 기조를 두고 있다.

따지고 보면 우리 민족의 정서의 바탕은 어촌에 있었던 것도 아니고 도시에 있었던 것도 아니며 농촌에 있었던 것인데, 현대의 물질문명에 눌리어 우리는 그것을 가난으로만 알고 잊어버렸다. 이것을 오늘의 독자들의 감수성에 맞도록 회복하는 것이 한국시가 살아가는 하나의 길이 될 수도 있다. 물론 이 말은 옛날로 돌아가자는 것도 아니고 농촌시만 써야 한다는 것도 아니다. 중요한 것은 시가 건강한 뜻에서 생활을 되찾아야 하겠다는 말이다.

신경림 씨의 시는 농촌의 이미지를 쉽게 우리에게 환히 보여주고 있다. 시집 『농무』에 실린 40여편은 모두 농촌의 상황시다. 어느 한편에도 오랜 역사에서 빚어진 오늘의 애사가 도사리고 있다. 한국의 현대시가 반세기 후에 얼마나 남을 것인지 예언할 수는 없으나, 오늘의 농촌을 반세기 후에 시에서 보려면 시집 『농무』에 그것이 있다 하겠다. 거기 그 이미지가 있기 때문이다. 여기에 신경림 씨의 시가 가지는 문학사적 의미가 있다. 시에 있어서의 리얼리즘을 재고할 필요를 느끼게 되었다.

1974년 5월

金珖燮 | 시인

책 뒤에

시집 『농무』를 내놓고 나서 1년도 되지 않았을 때 긴급조치가 내렸다. 많은 친구들이 수사기관에 연행되어 조사를 받거나 또는 구속당하는 수난을 겪었다. 그런 가운데서 『농무』가 분에 넘치는 제1회 만해문학상을 받았다. 기쁘고 자랑스러웠지만, 고생하는 친구들을 생각할 때 부끄럽고 미안한 마음 또한 어쩔 수 없었다.

나 자신이나 남을 속이지 말자, 분수를 알자, 이것이 이를테면 내가 시에 대해서 가진 소박한 소신이었다. 그 결과 여기 증보판을 정리하면서, 한 용기없고 소심한 자화상을 대하게 된다. 겁 많고 연약한 가락들은 내가 참으로 증오하는 터이지만, 이것들이 결코 내 참 목소리의 한 가닥임을 인정하지 않을 수 없는 것이 안타깝다. 언제고 이것들을 내 몸에서 완전히 털어버릴 때, 그리하여 내 목소리가 좀더 우렁차고 도도해질 때 나는 여러분 앞에 당당한 얼굴로 나설 수 있을 것 같다.

1975년 3월

신경림

창비시선 1
農舞

초판 1쇄 발행/1975년 3월 5일
개정판 1쇄 발행/1993년 7월 1일
개정판 37쇄 발행/2025년 5월 16일

지은이/신경림
펴낸이/염종선
책임편집/이진혁
조판/신혜원
펴낸곳/(주)창비
등록/1986년 8월 5일 제85호
주소/10881 경기도 파주시 회동길 184
전화/031-955-3333
팩시밀리/영업 031-955-3399 편집 031-955-3400
홈페이지/www.changbi.com
전자우편/lit@changbi.com

ISBN 978-89-364-2001-7 03810

* 책값은 뒤표지에 표시되어 있습니다.